CELA EST SINGULIER
HISTOIRE EGYPTIENNE,

TRADUITE

PAR UN RABIN GENOIS.

L'eſprit qu'on veut avoir,
Gâte celui qu'on a.

Greſſ. Méch.

A BABYLONE,

De l'Imprimerie Royale 1752.

CELA EST SINGULIER
HISTOIRE
EGYPTIENNE,
TRADUITE
PAR UN RABIN GENOIS.

L'esprit qu'on veut avoir,
Gâte celui qu'on a.

Gress. Méch.

A BABYLONE,

De l'Imprimerie Royale 1752.

CELA EST SINGULIER, HISTOIRE EGYPTIENNE.

LA Folie venoit d'enlever du ſein de *Lutéce* la mode ſa Compagne, fatiguée de ne trouver dans cette Capitale de l'Europe que de fades originaux dont les travers uniformes ne portoient plus avec eux cet air de ſingularité ſi familier au Peuple de cette brillante partie du monde, ces deux femmes formerent la réſolution de paſſer en Affrique, moins, je penſe, dans l'idée de s'amuſer, que flattées de l'eſpoir de ſubjuguer un païs qu'elles croyoient voir encore ſoumis aux Loix du Prince *Bonſens*, que les Lutéciens avoient banni de de leur Empire; l'Egypte fut le Royaume qu'elles viſiterent d'abord, ce voyage ne fut point l'effet du caprice, la politique le décida ſeul; des femmes politiques? Y penſez-vous me dira-t-on? Eh ouï, l'interêt du plaiſir eſt ſi puiſſant ſur l'eſprit du ſéxe, qu'il le force quelquefois à devenir raiſonnable; la folie ſe reſſouvint de ces tems orageux où les Européens quittoient leurs foyers & abandonnoient leur famille pour aller combattre au-delà des mers les Egyptiens. Elle crut que l'eſprit de ces peuples gâté par le commerce de ceux avec lesquels les circonstances de la guerre les avoient forcé de vivre, se livreroit aisément à ce ton de frivolité, que les Lutéciens complaisamment fades, ont créé pour l'amusement des autres Nations; arrivée à Babylone; elle trouva presque tous gens raisonnables qui osoient nommer sans mépris la vertu & le *Bonsens*, accablée de la crainte d'avoir fait un voyage inutile, elle fit *tout au monde* pour fixer à son Char quelques adorateurs capables d'entraîner par leurs exemples le reste de la Nation; la Mode l'aida dans ce projet, & la chargea de cet appareil bizarre qui rend au moins une femme singuliere, s'il ne la rend pas aimable, cet étalage ne put réussir, l'air français qu'on trouva à la Folie déplut aux Egyptiens, ils la prirent moins pour une femme amusante qui fait le bonheur de ceux qui s'y attachent, que pour une coquette; la honte de son séxe, & le martyre de ses adorateurs.

Une femme excuse volontiers un amant téméraire, mais elle ne pardonne point un ingrat: la folie outrée d'avoir fait des avances en pure perte, prit le parti de ces beautés surannées, dont la fortune répare les outrages du tems, elle promit des recompenses à ceux qui se rangeroient sous ses loix; *que ne peut l'or sur le cœur des mortels?* Maxime sage que le Cigne de *Mantoüe* débita jadis à propos de cette anecdote qu'il avoit prédite dans l'*Enéide*.

Si l'intérêt, disoit la folie en sortant de son caractére, a pû engager les hommes à secouer le joug de l'ignorance en s'appliquant aux Arts, pourquoi la cupidité, le mobile de toutes leurs actions ne les porteroit-elle pas à tout autre objet? Les prix que les Académies Littéraires distribuent aux Auteurs, ont aggrandi l'Empire des Sciences, des récompenses d'une valeur égale, peuvent augmenter les progrès de l'extravagance, l'or opére des prodiges; vieille maxime renouvellée tous les jours, le mérite, les talens, les crimes, la probité même lui doivent tout, on n'eſt honnête homme ou ſcélérat que par intérêt.

La Folie alloit moraliſer encore, quand la Mode qui l'écoutoit depuis un inſtant, fut choquée de ce qu'on oſa penſer devant elle, il ſeroit *d'un rare aſſommant*, dit celle-ci en apoſtrophant la Folie, que vous qui avez pris la Mode pour compagne, vous vouluſſiez raiſonner, c'eſt ſe brouiller avec ſon amie, que de lui parler un langage qu'elle n'entend pas, je conçois votre projet, continua-t-elle? Et pour vous faire ſentir que je l'approuve, je veux vous y ſervir, fixons de concert un prix qui ſera adjugé à celui des Egyptiens, qui paroîtra le plus ſingulier,

& pour l'honneur d'un ſexe qui nous imite exactement en tout, rendons les femmes habiles à concourir ; ce privilége augmentera le nombre des ridicules, mais ils n'en ſeront que plus brillants, la Folie applaudit à ſa propre idée que la Mode venoit de développer, & toutes deux fonderent un prix, eh quel prix ? La coquette, l'ambitieuſe, l'avare, le diſſipateur, tous les mortels enfin pouvoient y trouver l'accompliſſement de leurs déſirs.

Voici le Programme qui fut publié alors, je l'extrais mot à mot du *Mercure* de Babylone.

» La *Folie* & la *Mode* déſirans » étendre les bornes de leur » Empire, viennent d'établir » un prix pour cette année ſeu-

» lement, qui ſera adjugé à la » perſonne qui paroîtra la plus » ſinguliere dans tel genre ; » elle choiſira.

» Et pour ſe diſtinguer des » ſociétés ſçavantes qui n'of- » frent que des récompenſes li- » mitées & mercenaires ; on » prévient que les déſirs du » concurrent qui triomphera » ſeront remplis n'importe ſur » quel objet il voudra les fixer.

» On avertit que pour ne » point courir les riſques de » certaines Académies qui » couronnent très-ſouvent dans » un ſot, l'ouvrage d'un hom- » me d'eſprit qui ne veut pas » en avoir en public, les con- » currens ſeront obligés de ſe » rendre en perſonne, dans le » lieu où le prix ſera diſtribué,

» pour y travailler ſans ſecours » étrangers.

» Toutes perſonnes mêmes » raiſonnables ſeront admiſes à » concourir.

Ce Programme annoncé avec faſte dans les Journaux Affriquains, ouvrages immortels, renfermés dans les Pyramides d'Egypte, attira à Babylone une foule de gens qui venoient avec raiſon diſputer de folie.

Le jour fixé pour cette cérémonie, la Folie & ſa compagne ſe rendirent avec tout l'appareil de leur grandeur au lieu deſtiné à la diſtribution du prix de la ſingularité.

La Scéne s'ouvrit, comme cela ſe pratique en Europe, par la réception d'un candidat fort ſage, dans la perſonne duquel on couronnoit le mérite d'un pere qui par ſa folie étoit parvenu au premier grade de l'Académie.

Après ce cérémonial, la Mode prit une trompette de *carton* vernie par *Martin*; & annonça par trois fois que les concurrens pouvoient ſe préſenter : un jeune Tragédien nous a même aſſuré :

> Que pouſſant trois grands cris, ſa voix ſe fit entendre,
> Des bords de Babylone aux rives de Scamandre.

Le premier qui oſa entrer en lice, étoit un Docteur de Loix, qui en quittant les Ecoles, avoit acheté le droit de juger les hommes, annoncée par un Equipage de Chaſſe qui le précédoit, entouré de

Piqueurs, & monté ſur un Cheval harnaché ſuperbement, il déclara que ſon début ſeul devoit lui mériter le prix. Je ſuis Juge, dit *Oſoras*, (c'eſt le nom du Concurrent) mais je n'oſe le dire ſouvent, parce que certains petits Poëtes s'aviſent de lâcher des Epigrammes contre mon état, fatigué d'ailleurs de dormir dans un lieu ſacré, où je devois veiller au bonheur du peuple, je vais tous les matins me tirer de l'aſſoupiſſement dans lequel la ſeule idée du travail me plonge, en courant le Cerf, au retour de la chaſſe, je m'occupe très ſérieuſement ; mais devinez à quoi, *Déeſſe adorable*, continua Oroſas en minaudant ? A trouver les moyens de dormir, jusqu'à ce que des malheureux que je paye mal, parce qu'ils ont l'honneur de me servir bien, m'ayent préparé un dîner *délicieux*... Et vous allez a l'audience, dit assez sensément la Folie? Oh non, Madame, reprit le Magistrat, j'ai des Somniferes plus prompts que celui-là; j'aime la lecture, que celle de nos ouvrages modernes est favorable au sommeil! que je m'assoupis agréablement en lisant ces *douces* Tragédies admirables sur la Scéne & froides dans le Cabinet; oh cela est miraculeux, Madame, & il faut *sçavoir* comme moi *son Babylone par cœur*, pour connoître tant de *petites* piéces *merveilleu-*

ſes applaudies depuis un ſiécle, & ennuyeuſes *à perir, oui perir, mais exactement perir*; à propos de cela, je ſerois tenté, ſi je n'avois honte de paſſer pour un Savant, de vous faire une diſſertation *du dernier bien*, pour vous prouver qu'il eſt *conſtaté*, pardon, Déeſſe, dit Oſoras en l'interrompant, ce terme ſent le Bareau, & mon goût eſt de fuir tout ce qui tient à mon état; pour vous prouver diſois-je, que les drames reçus favorablement au Théatre, ſont ceux qu'on ne peut ſupporter à la lecture, & que ceux qui languiſſent ſur la Scéne ſe liſent avec plaiſir; deux ouvrages recens me fourniſſent une preuve inconteſtable de ce que j'ai l'honneur de vous avancer, je les nommerois ici ſi je ne craignois les perſonalités, je déteſte la ſatyre, & je laiſſe la cauſticité aux ſots qui veulent afficher l'eſprit, parce qu'ils ſont étayés du jargon du grand monde; en ſuivant le détail de ma journée, je vous dirai que je ne m'éveille que pour me mettre à table avec de beaux eſprits d'une gaieté, d'un facetieux. Ah rien n'approche de leur bavardage agréable; *excédé* du ton plaiſant, je me leve, & je vole dans un Char doré chez *Zulime*, c'eſt là où dans un tête-à-tête heureux j'oſe paroître tendre aux yeux de ma Maîtreſſe, ou du moins d'une fille que je paye pour en porter le titre, j'oublie jusqu'à ma meutte, vous ne me *persiflerez point* sur ma sensibilité, Madame, pour peu que vous reflèchirez *qu'Hipolite*, non pas ce galant *Comte de Duglas*, sur les amours duquel on a fait le Roman le plus tendre, mais ce fils de *Thesée* qui Chasseur aussi déterminé que moi, voulut bien soupirer pour *Aricie*, nous autres grands hommes, nous avons des foiblesses, & celle-ci est de la nature de celles qu'on ne désavoue guères. Je quitte Zulime dans l'instant que l'accès de ses vapeurs va la saisir, & je cours au spectacle, je me montre partout, ma robe chargée de broderie fixe les regards de nos jeunes Seigneurs qui n'étant pas assez riches pour m'imiter, font assez plaisants pour me tourner en ridicule, enchanté de leurs propos, je me place dans le balcon d'une femme aimable qui protège l'auteur de la piéce qu'on joue, je trouve l'ouvrage divin, les nuances fines, le caractere soutenu & l'intrigue bien conduite; las de louer au hasard je vais critiquer de même.

Assis dans la Loge d'un homme de Condition qui dit du mal de la Piéce, parce qu'elle part d'un bel esprit qui n'est pas de sa cour, je me monte sur son ton, *l'ensemble* me paroît mauvais, les détails insipides, les situations forcées, & le dénouement pitoyable, & puisqu'il est vrai que lorsqu'on qu'on dit du mal, on n'en ſçauroit trop dire, je finis par déclamer contre les Acteurs, les ſpectacles, & quelque fois contre moi-même.

La petite Piéce commence le Bel air qui ne permet pas qu'on la voye jouer, m'appelle dans les foyers, où je dis des choſes, mais des choſes.. d'un prix, d'une valeur... Oh jamais l'Auteur de *Brillanville* ne parla *ſi délicieuſement bien*; les Actrices qui ſçavent que je ſuis riche me regardent avec complaiſance, les Comédiens qui me croyent méchant me reſpectent ſingulierement, & les gens de Condition qui ont du bien craignent les procès & me conſiderent, l'heure du ſouper arrive, mon *Coureur* m'apporte avec un myſtère éclatant un billet que j'ai pris la peine de m'écrire le matin, & je vais en bonne fortune chez *Balmire* avec laquelle je fais une infidélité à Zulime qui s'en vange. Eh quoi vous balancez? Ah point de délibération, je vous prie, je ne ſache que moi de ſingulier dans le monde, mais de très-ſingulier, & moi dit la Mode en l'interrompant, je ne vois rien de ſi ordinaire dans Babylone qu'un Docteur de loix qui jouit de tous les plaiſirs, ôtés celui de remplir les devoirs de ſa charge, mon ſeul étonnement eſt de vous trouver ſi ſimple, ſi uni, je connois dans le Sénat des jeunes gens dont l'aſpect ſeul vous ſupplanteroit, le prix que nous devons distribuer aujourd'hui n'est fait que pour la singularité, un homme ordinaire a-t-il droit d'y prétendre? ordinaire, Madame, reprit Osoras, en se récriant, Oh vous l'êtes par excés vous-même, & je me retire.

Le Docteur de loix fut a peine sorti, qu'une jeune femme aussi belle que celle qu'on peint dans les Romans approcha.

Je me nomme *Silvanire*, dit-elle, jeune, jolie, avec de l'esprit, sans amour-propre, car je répéte ici ce que vous m'avez dit cens fois, je viens d'être unie avec un homme vieux, laid & sot, je le haïssois avant qu'il fût mon mari, mais des projets de famille m'ayant forcé à l'épouser, je l'aime; des adorateurs aimables m'environnent, je les dédaigne, mon cœur est tout à l'époux auquel le destin m'a uni; cette conduite nouvelle & rare ne mérite-t-elle pas le prix que vous avez promis à la singularité ?

La Folie étonnée consultoit sa compagne sur la demande de Silvanire, & le prix alloit lui être distribué quand un Ministre *d'Orisis* entra, Silvanire le fixa & rougit, le Ministre embarrassé eut peine à cacher son émotion, & tous deux se retirerent, l'original ne dit pas où; cette inattention de l'Auteur dans un cas aussi important, a jetté le Traducteur dans des doutes d'autant plus dangereux à éclaircir, qu'un Ecrivain moderne du vieux tems, ayant aſſuré que *la vérité* étoit *au fond d'un Puits*, on n'a pas jugé a propos de riſquer de ſe noyer pour l'y chercher.

On voyoit fuir encore Silvanire & le Miniſtre, quand un jeune Mage entra, ſes cheveux taillés en feſtons, & rangés avec ſymétrie étoient chargés d'une eſſence balſamique dont le goût joint à une poudre de Chypre, affectoit agréablement l'odorat, arrangé dans ſes habits qu'il portoit contre l'uſage comme les autres Citoyens, fade dans la démarche, minaudier dans le propos, indiſcret ſans bruit, myſtérieux avec faſte; le Mage demanda le prix avec autant d'aſſurance qu'il venoit de ſolliciter la dignité de grand Prêtre d'Orisis, qu'on lui avoit refusée avec raison ; un Mage petit-maître, dit la Folie ? Il y a quinze ans qu'on l'auroit tourné en ridicule à Babylone, mais graces à mes soins les tems sont changés, & on en voit jusques dans les spectacles disputer de fatuité aux agréables de la Cour de l'Auguste Reine qui nous gouverne : Princesse adorable dont le nom seroit immortel, si des Poëtes Européens trop confians dans des succès passagers, ne s'étoient hazardés de le livrer aux dangers de la Scéne, ils auront beau dire pour leur justification que :

La splendeur de la pourpre en absorbe les taches.

Ce vers emphasé ne prendra pas plus ici que dans leurs Tragédies ; tréve à cette digression, dit la Mode, ce n'est pas à la Folie à annoncer des vérités dures ; décidez le sort de ce brillant Mage, & voyez si vous voulez lui accorder la palme ; je me suis déja expliquée, reprit la Folie, le tems n'est plus où les grands airs déplacés dans ces hommes que l'intérêt a dévoüé au culte d'Orisis, révoltoient la société en usage aujourd'hui chez tous les Mages, il faut bien d'autres perfectionspour triompher ici, & je ne pense pas que ce concurrent empressé puisse les acquérir si promptement.

Le Mage fut remplacé par un Auteur ; Place, s'écria-t-il

avec ce ton empoulé, que les mêmes Lutéciens employent si utilement pour étourdir le peuple, place, je me nomme *Minodas*, & douze mille vers à la tête desquels je marche, assurent mon triomphe, tout est de mon ressort, ôtez l'art de plaire; premiere singularité, car j'ai prodigieusement d'esprit, Tragédie, Opéra, Ballet, Odes, Poëmes, Comédies Bourgeoises, Musique, jefais tout à la réserve de la Prose, dans laquelle je n'ai jamais pû écrire, seconde singularité, car je parle agréablement bien.

Ceint de la thiare poëtique que j'ai mérité en éblouissant par des maximes faites moins pour servir à mon sujet, que pour

pour remplir la bouche des Acteurs, je tiens un rang distingué sur la Scéne, troisiéme singularité dont ma modestie vous laisse deviner le motif; si cet exorde ne suffit pas pour mériter le prix, je vais l'arracher de vos mains en vous développant mon caractere.

J'ai des mœurs quoique belesprit, je respecte Orisis contre laquelle je n'écrirai jamais, je le jure par *Plutus*, c'est la divinité bienfaisante qui depuis plusieurs années, m'a fait participer à ses mysteres en m'approchant de ses Autels; ma plume si souvent compromise n'a répondu à aucuns de ces libelles épidémiques dont on m'accable au renouvellement de chaque lune, occupé sans cesse à chanter les Héros de la Grèce, ou ceux des finances: je loue tout jusqu'à mes propres ouvrages, & personne n'est de mon avis, des contradictions aussi révoltantes ne jettent aucune aigreur dans mon esprit, & tranquille au milieu de la tempête, je prends à peine le soin d'écarter la main armée de la foudre.

Quel caractere, dit la Mode! je ne le reconnois point dans un Poëte, & je commence à vous croire digne du prix, toujours critiqué, & ne répondre jamais surtout avec un esprit médiocre, voilà ce qui me paroît très-singulier, pour assurer le triomphe à Minodas, repartit la Folie, connoissons-le tout-à-fait, livré à la manie des Poëtes du jour, n'allez-vous point implorer le ſuffrage des Grands de l'Etat par la lecture de vos Piéces ? Ce manége ſi à la mode aujourd'hui, quoique bien funeſte à l'Auteur *d'Antipater* de piteuſe mémoire, jetteroit un air de ſingularité ſur un Auteur qui ne le pratiqueroit point ; parlez.

Minaodas répondit ainſi.

Que d'un Auteur *naiſſant* jouant le perſonnage
J'aille de porte en porte afficher mon ouvrage,
Et mandiant d'un grand le faſtueux appui
Me montrer dans mes vers plus ſtupide que lui ?
Ou bien environné d'un eſſaim de caillettes,
Prétendus beaux eſprits, commeres indiſcrettes,

Entendre à tout propos, oh ce trait eſt divin ?
Que ces vers ſeront doux déclamés par le...
Et voir malgré ces cris, & ce bruyant ſuffrage,
Le Parterre indigné condamner mon ouvrage,
C'eſt chez lui que l'on juge, & non dans ces réduits
Aſiles clandeſtins d'un tas de beaux eſ. prits,
Animaux affamés, tenebreux paraſites
De la table des Grands odieux ſatellites,
J'ai vu pendant ſix mois tous ces drames exquis
Avec faſte annoncés par nos petits Marquis,
Tomber le premier jour, & malgré la cabale
Reſter enſevelis dans cette nuit fatale,
Irai-je après cela, frivole adulateur
De ces proneurs titrés rechercher la faveur ?

Oh cette tirade, reprit la Folie, vous rend moins ſingulier que vous ne l'auriez d'abord paru ; je vous trouve Auteur dans toutes les régles, bel eſprit naiſſant, protecteurs imbéciles, caillettes du bel-air, poëtes du jour, tout paſſe en revuë dans vos vers, & chacun tient ſon coin dans une épigramme. Oh M. l'Auteur, devenez plus indulgent, ſi vous voulez être ſingulier ; puiſque vous êtes aſſez injuſte pour me refuſer le prix, répondit Minodas, je ſors pour faire une Epigramme contre vous, la raiſon peut vous la dicter, répondit la Mode, mais toutes vos Tragédies parlent pour moi, & c'eſt peut-être à cette ſeule cauſe que vous devez leurs ſuccès.

Un Courtiſan vint enſuite, annoncé par un air gracieux & poli, d'autant plus dangereux, qu'il cachoit un cœur faux, il s'énonça avec cette facilité ſéduiſante qui étourdit l'eſprit & ſéduit le cœur.

Mon nom eſt connu, il n'y a pas en Egypte de généalogiſtes avares, qui n'ayent parlé de l'Illuſtre Famille de *Zolicaris*, j'ai prouvé que mes Ayeux étoient Marquis deux cens ans avant que ce titre fût établi dans le monde, mais comme la naiſſance eſt indifférente aux gens qui ont d'ailleurs beaucoup de mérite, vous me permettrez d'être modeſte.

Echappé de chez les Prêtres d'Oriſis à l'âge de treize

ans, j'ai acheté la permission d'être à la tête de deux mille hommes, en attendant que j'aye le talent de les commander; je sors d'une campagne pénible, où j'ai trouvé les moyens d'humilier mes concitoyens, si je n'ai pas eu l'art de faire trembler les ennemis de l'Etat.

Tandis que nos Généraux passoient tristement leur tems à visiter les postes, à faire manœuvrer les troupes, ou à observer les ennemis, & qu'accablés de fatigue, ils rentroient au milieu de la nuit dans une tente obscure, où après avoir réglé les opérations du lendemain, ils se reposoient sur un matelas; que faisois-je, Mesdames, la plus jolie vie du monde ? Un Lieutenant Colonel assez vieux pour faire son métier, prenoit le soin de commander ma légion, tandis que j'avois la peine d'imaginer de nouveaux plaisirs capables de réveiller mon ame appésantie par la bonne chére ; jeux, fêtes nouvelles, cadeaux, chasses, spectacles, & ce qui y tient.... Tous ces amusemens qui se succédoient me laissoient à peine le tems d'apprendre le soir le succès de la journée.

L'heure du soupé arrivoit, souper sans femme, cela seroit crapuleux, & j'aime trop la décence pour donner dans un travers de cette espéce, je suivois donc le bon usage, & j'assemblois dans une maison meublée avec goût, deux ou trois de ces filles qui ſorties de Babylone, avec l'air d'avoir du talent, prenoient la peine de nous ennuyer ſur la Scéne, pour avoir l'honneur de nous amuſer au Camp.

Ah! Les jolies choſes que nous diſions, jamais ſoupés fins n'ont égalé ces petites parties ſecrettes : pour joüir de tout, je menois à ma ſuite un de ces plaiſans, qui obſcurci dans Babylone, venoit joüer la célébrité à l'Armée, en nous donnant de petits Opéra comiques, au moins par leurs titres.

Le tems du repos arrivé, je voyois dix bras empreſſés à me porter dans une alcove dorée, où j'attendois dans un ſommeil tranquille un nouveau jour pour me livrer à de nouveaux plaiſirs ; aux approches de l'Automne, je volois à Babylone où j'avois l'honneur de partager avec nos Généraux la gloire de la campagne, vigilant & brave, j'avois tout vû, je m'étois trouvé dans tous les chocs, les Miniſtres las de me voir dans leurs Antichambres, plus fatigués encore de m'entendre dire qu'il n'étoit point à ſa place *qu'un homme comme moi* végétât dans un Régiment, & que la Reine qui n'avoit pas *d'Officier plus brave*, riſquoit de me perdre, ſi elle tardoit à récompenſer mon mérite ; ces diſpenſateurs des graces, me placerent dans un poſte brillant, où il ne me manque pour le mériter que du talent, de l'expérience, & l'amour de mon métier.

Il y a tant de jeunes Militaires, repliqua la Folie, qui sont dans une position égale à la vôtre, que vous ne pouvez passer pour extraordinaire que chez des Allemands; renoncez à la pomme, ou cherchez un nouveau genre de singularité.

Ouf! Je n'y tiens point, s'écria Alcidor, en entrant dans le cercle, laissez-moi de grace, poursuivit-il en retournant sur ses pas, laissez-moi, vos livres & vos vers m'excédent, & je n'aspire à d'autre gloire qu'à celle que je puis mériter en méprisant votre encens; vîte un fauteüil, que je puisse respirer?

Alcidor assis, parla en ces termes : mon pere est mort il y a quarante ans, chargé de la haine publique, je veux dire que je suis fort riche, occupé dépuis six lustres à augmenter ma fortune, je me vois actuellement au nombre des Millionaires de Babylone, j'ai doublé mon Patrimoine sans avoir commencé aucunes concussions ; régisseur des revenus de la Reine, jamais elle n'a été si riche, & le Peuple moins chargé, tous les Edits que je propose aux Ministres sont avantageux au Souverain & à la Nation ; il y a un mois que le feu prit à mon Palais, la populace vint l'éteindre, & ne me pilla point, je parcours à pié les ruës de Babylone, sans craindre les imprécations dont le peuple toujours leger accable ceux qui joignent aux richesses la connoissance des affaires; j'ai fait chasser il y a quelques jours un Généalogiste qui vouloit à toutes forces me faire descendre de l'illustre absadalime qui mourut regretté, quoique premier Ministre, & à l'honneur duquel le grand Prêtre de Babylone prononça une Oraison Funébre qu'il n'avoit pas faite.

Les Poëtes n'ont point d'accès chez moi, ma porte est tous les jours environnée d'une foule d'Auteurs qui viennent fadement me qualifier du titre de *protecteur des lettres* que je déteste, parce qu'elles n'ont d'autre but que de corrompre l'esprit & le cœur, comme l'a judicieusement remarqué un Républicain qu'une *Académie* fameuse a couronné.

D'autres, qui affichent le nom d'Auteurs, sans en vouloir porter le poids dans le grand monde, où ils s'efforcent de nous prouver qu'ils sont reçus *comme Compagnie*, parlent avec plus d'assurance que les premiers, & disent d'un ton brusque qu'ils ne sont point flatteurs, ce que je croirois aisément, si leur Panégyrique n'étoit toujours terminé par le mien, qu'ils ne finissent que pour me demander de l'argent à emprunter, que je leur refuse, parce que l'éxistence de ces *espéces-là* devenant inutile à l'état, elle ne doit pas m'intéresser, les Grands de la Cour qui sont en possession de nous plaisanter en nous *mangeant*, ne sont pas admis à ma table, on n'y voit que des Ingénieurs, des Artistes, des Architectes, des Pilotes, & autres hommes qui passent leur vie à imaginer quelques projets dont l'exécution est utile à l'Etat, cette compagnie ne figure-t-elle pas mieux dans la maison d'un homme d'affaire, qu'un Seigneur au maintien ironique, qui s'appuyant d'une main sur un Poëte, frappe de l'autre sur un Musicien ?

Si le détail de cette conduite, poursuivit Alcidor, ne suffit pas pour me faire ajuger le prix, parlez, soumis à vos conseils, je suis prêt à tout entreprendre pour conſerver au premier degré la réputation de ſingularité, que ma probité & ma franchiſe m'ont acquis depuis longtems.

Un homme, répondit la Folie, qui dans le deſſein de s'immortaliſer ſe dévoue à mon culte, n'eſt qu'un mortel ordinaire qui ſuit moins encore le torrent que ſon penchant, prévenues toutes deux en votre faveur, nous allions peut-être remplir vos déſirs, mais la fin de votre diſcours nous a fait changer d'avis, & le prix eſt réſervé pour un autre; ſoit, reprit Alcidor en ſe levant je joins mille Marcs d'or de *Damiette* à la récompenſe que vous avez promiſe, pourvû que celui qui l'obtiendra ſoit honnête

nête homme. La condition qu'Alcidor venoit d'impoſer, diminua la haute idée que l'aſſemblée avoit conçû de ſa générosité ; en effet c'eſt riſquer peu que de parier contre les mœurs & la vertu.

L'homme d'affaire n'étoit pas encore ſorti qu'on vit un char doré s'arrêter près du periſtile qui entouroit la Salle de l'aſſemblée; un jeune Seigneur en deſcendit appuyé ſur quatre vieux Eſclaves, & après avoir cherché dans un remuement de tête, & dans l'arrangement de ſa Robbe les graces qui le fuyoient, il entra en répétant un air d'Opéra, & après avoir baiſé indiſcrettement la main à la Folie, & préſenté un bouquet à la Mode, il tira ſes tablettes sur lesquelles il n'écrivit rien, parla bas à son Coureur, & s'assit sur une Sultane en affectant de montrer une jambe qu'il avoit l'air de croire belle.

Si la naissance & l'esprit donnent la préséance ici, vous me permettrez d'en user en vous prévenant que le prix est à moi, & voici pourquoi.

Je suis Auteur, mais Auteur tragique, & je m'affiche pour tel quoiqu'homme de condition, trois tragédies que je vous apporte, & que je destine au Théatre de Babylone, vont guérir le public de la vieille admiration qu'il a pour *Corneille* & *Racine*, j'ai prouvé par des dissertations très-élegantes, que ces deux Poëtes n'avoient jamais connu que le Méchanisme de la Scéne, c'étoit à moi à développer le cœur humain, & vous verrez s'il y a de l'indiscrétion à me flatter que j'ai réussi.

La premiere pièce dont j'enrichirai le Théâtre, supposé toutefois que je cédasse aux persécutions des Actrices, pour lesquelles j'ai d'ailleurs quelques bontés.... ce drame est intitulé! *La mort de Melpoméne* : le sujet en est neuf, c'est moi qui l'ai imaginé, jugez s'il sera bien conduit.

Melpomène outrée de se voir avilie tous les jours; quitte le Théâtre de la nation, suivie de *Fatime* Confidente à la Mode, je veux dire laide & minaudiere, & court chez sa ſœur demander un azile, *Talie* la reçoit, & ſe diſpoſe déja à diſſiper ſa mélancolie, quand *Tirade* & *Coturnin* Auteurs Tragiques indignés de la déſertion de Melpomène viennent pour l'arracher des bras de Talie; un Acteur informé de la conjuration paſſe le Nil pour les ſeconder, ces trois hommes tiennent conſeil parcequ'il en faut un dans les Tragédies de cette ſorte, on détermine d'engager Melpomène à revenir, ou de la poignarder ſi elle réſiſte, on l'accable de maximes, de figures & d'allégories, Melpomène à qui tous ces diſcours brillants annoncent des malheurs nouveaux, répond avec fierté qu'elle ne reparoîtra pas ſur le Théâtre, que lorſqu'on y rappellera le *Bon ſens*, les conjurés outrés d'une condition ſi difficile à remplir l'aſſaſſinent, l'uſage qui s'eſt introduit depuis peu d'enſanglanter la Scéne, fera trouver cette ſituation admirable, Melpomène promene ſes yeux ſur les Loges, regarde languiſſament le Parterre, parle à voix baſſe, s'appuye avec nonchalance ſur Fatime & dit qu'elle ſe meurt, comme cela ſe pratique.

Qu'en penſez-vous? Meſdames, le plan excite votre curioſité, & il me ſemble déja vous entendre dire que cette Tradédie *ira aux nuës*, ſi la verſification répond au ſujet, comme mon deſſein n'eſt point de ſurprendre le prix, je vais avec plaisir répondre à l'empressement que vous êtes censées me témoigner, écoutez, c'est Coturnin qui ouvre par un Monologue dans lequel les Connoisseurs trouvent assez d'esprit.

D'un Monologue adroit empruntant le secours,
Je viens vous étourdir par un pompeux discours,
C'est l'usage, écoutez! O Muse du Théâtre!
O toi qu'avec raison mon esprit idolâtre;
Melpoméne, pourquoi fuir ces climats heureux,
Où souvent *Coturnin* à l'exemple des Dieux
Y lance le Tonnerre, & fait gronder la Foudre
Reviens, ou dans l'instant Babylone est en poudre,
D'un Poëte irrité redoute la fureur,
Je viens pour t'immoler dans les bras de ta sœur,

Le sort en est jetté, je connois tous tes
crimes,
Et vais les détailler dans un tas de ma-
ximes;
Cependant il est tems qu'assis dans ce
fauteüil,
Mon ame de sang froid envisage l'écüeil
Qui peut m'environner, si dans ce jour
j'échouë,
Souvent de nos projets la fortune se jouë,
A la rime, en passant, vous devez ce
beau mot,
Tirade ne vient point, trahissant mon
complot,
Voudroit-il me quitter? En ce moment
funeste,
Pour sortir d'embarras un *Madrigal* me
reste,
Mais si je le prodigue en ce besoin pres-
sant,
Le second Acte tombe indubitablement.

Ce Madrigal qui passera en force de maxime devant être reservé pour le second Acte,

Tirade paroît, la Scéne eſt vive & intéreſſante ; on parle beaucoup, on délibére peu, on prend de grandes meſures, on n'exécute rien & l'on ſort.

Melpomène entre avec le viſage livide d'une Actrice qui court au tombeau en joüant la ſanté, elle eſt ſoutenuë par trois Acteurs Comiques ou payés pour l'être, que la néceſſité de la circonſtance a voulu qu'on habillât à la Romaine.

Où ſuis-je, juſte Ciel ! Des rimeurs languiſſans,
Les vers *m'ont affoiblie encor plus que mes ans*,
Et vous foibles ſuppôts de la Comique Scéne,
De quel front oſez-vous regarder *Melpoméne* ?
De porter ces habits, eſt-ce votre métier ?
Si vous ne les rendez dans ce jour au fripier,

A mon

A mon juste courroux tous trois je vous immole ;

Sortez.

Les confidens muets obéissent, & Melpomène s'amuse à réfléchir sur ses malheurs, jusqu'au moment que Fatime annonce *Oripean*, qui demande à parler à la Princesse, l'Auteur entre, & aprés l'avoir salué avec dignité, il lui adresse ce discours qu'il a soin de rendre avec des gestes éclatans, des attitudes singulieres, & le ton de voix le plus triste.

Que vois-je, justes Dieux ? Est-ce vous *Melpoméne* ?
Vous dont le noble aspect ennoblissoit la Scéne,
Est-ce vous que je vois entre nos ennemis ?
Pourquoi fuir un séjour où tout vous est soumis ?

Revenez, il eſt tems, le Théâtre en allarmes,
Pourroit bien en ces lieux vous vaincre
par les armes,
Les cabaleurs ſont prêts, & le ſiflet fatal
Pour donner le combat n'attend que le
ſignal;

. . . .
. . . .
. . . .
. . . .

En vain pour te toucher tout mon corps
s'évertuë,
Tu ne me réponds point, je m'agite, je
ſuë,
Et mes *convulſions* ne pouvant t'émouvoir,
Il ne me reſte plus qu'à tirer le *mouchoir*.

Oripean ſe jette alors aux genoux de Melpomène, qui craignant quelqu'indécence de la part de cet Auteur, lui ordonne de ſe lever, Oripean obéit, mais ne pouvant la fléchir, il ſort pour aller joindre les conjurés, le Conſeil ſe tient, c'eſt la belle Scene; . . . mais que vois-je? continua le jeune Seigneur qui s'apperçut que quelques-uns des concurrens étoient occupés à écrire ſur leurs tablettes; on me vole, & ce procédé eſt *d'une perfidie altérante*, quoi donc, Meſdames, vous permettez qu'on abuſe ici d'un dépôt, mais cela eſt affreux, & cette conduite *ne reſſemble à rien*, parce qu'un homme aimable aura le talent de parler avec aiſance, & de faire des vers heureux ſans peine, on aura la liberté de le voler impunément? Et d'attenter à main armée ſur les thréſors de l'eſprit, & les dons du génie ! Oh de tels larcins ne ſont ſupportables qu'à ces *écumeurs* de foyers qui écrivent pour nous, parce que nous nous donnons la peine de penſer pour eux ; je me tais, Meſdames, mais très-exactement, & je renonce à votre prix, ſi je ne puis le mériter qu'en riſquant ma réputation, & la fortune de deux ou trois Poëtes naiſſans, auxquels j'ai établi une penſion ſur le produit de l'impreſſion de mes ouvrages, l'Auteur de condition remonta dans ſon Char, & fit place à une jeune perſonne qui devoit le bonheur de plaire moins à ſes charmes, qu'à la réputation dans laquelle les hommes à bonnes fortunes l'avoient miſe.

Vous donnez aujourd'hui un prix à la singularité, les événemens extraordinaires dont ma vie est remplie, m'engagent à vous le demander. Faites attention aux détails qui vont suivre.

Histoire de Philaxarette.

La Gréce est ma patrie, & *Athénes* m'a vû naître, l'année même que mourut *Euripide*, *Micrate* qu'il avoit fait esclave à la bataille de *Maraton*, le suivit à Athénes à la fin de la guerre, uniquement attaché à son maître, il parvint bientôt à mériter ses bonnes graces, ce Poëte avoit le cœur naturellement bon, il détestoit cette dureté si ordinaire alors dans ceux qui joüissoient d'une réputation, ſenſible à l'attachement de Micrate, Euripide lui obtint la Charge de Décorateur du Théatre d'Athénes, & après l'avoir affranchi, il le maria à *Miſis* ſa fille naturelle, c'eſt à ce couple heureux que je dois ma naiſſance, élevée avec les filles deſtinées au Spectacle, j'ai reçu cette éducation facile qui ſembloit me préparer un jour une Place parmi elles; je touchois à peine ma douziéme année, que connoiſſant tout le Théâtre Grec, j'oſai demander la permiſſion de débuter à Athénes, mais Euripide n'étoit plus, & on oublia ſon ſang; réduite à me conformer à l'uſage, je pris le parti de quitter Athénes, & d'aller courir dans les Provinces de la Gréce, pour acquérir un goût qu'on n'y trouve jamais.

Prête à m'éloigner de ma patrie, je fixai les regards *d'Osténes*, jeune Sénateur de l'Aropéage, effrayé de mon départ, il vint me trouver, m'offrit de l'argent, me jura qu'il m'aimoit, & me pressa de le rendre heureux, je refusai ses largesses, je crus son cœur sincére, & Osténes ne coucha point chez lui; ce procédé est ordinaire dans notre état, à l'argent près qu'on ne refuse jamais, premiere singularité sur laquelle je ne m'étendrai pas, c'est à vous au surplus à remarquer celles qui suivront; s'y arrêter, ce seroit afficher de l'amour-propre, &

je ſuis modeſte malgré mes priviléges.

Le Sénateur revint le lendemain à la même heure, plus vif encore, & plus empreſſé que le jour précédent, il ne ceſſoit de me parler de ſon amour, que pour m'engager par les diſcours les plus polis à recevoir des corbeilles remplies de préſens précieux, moins tendre & plus intéreſſée que la veille, j'acceptai les corbeilles, & Oſtenes coucha chez lui ; il m'écrivit deux jours après une grande lettre, dans laquelle il me peignoit ſon état avec les couleurs les plus touchantes, & finiſſoit par implorer une explication, je lui donnai un rendez-vous, & je ne m'y trouvai pas.

Partie d'Athénes, je pris la route de *Samos* où je débutai dans *la Phédre* de mon Ayeul, mes camarades ne dirent point de mal de moi, c'est-à-dire que le Public me sifla. Piquée de n'être point supportée en Province, je quittai la Tragédie pour entrer dans la troupe de ces Farseurs qui suivoient l'Armée des Athéniens, & dont le seul talent étoit de chanter des Hymnes indécentes sur le ton des Ruelles ; c'est dans ce genre facile que mes dispositions se développerent, je fis des progrès assez considérables pour mériter après quelques mois, le titre de *premiere Actrice*, mes compagnes crierent à l'injustice, mais tranquille au sein de la volupté, je me faiſois un plaiſir de les voir en proye, aux horreurs de la jalouſie; pouvois-je deviner alors que je leur préparois de nouveaux ſujets d'allarmes.

Piſiphrate, Général des Athéniens, arriva à Samos pour y voir le Spectacle, le hazard me faiſoit jouer alors le rolle d'une *Veſtale*, & j'oſe dire que je le rendois avec une vérité qui auroit trompé les Spectateurs, ſi je n'avois pris la précaution de les déſabuſer précédemment, Piſiphrate me fit des propoſitions; une fille tendre peut-elle réſiſter à la valeur unie aux agrémens? Je cédois, & le Général fut ſatisfait, mais, ô Ciel! A quel prix? Souffrez que je voile à vos yeux cette funeste Anecdote de ma vie.

Pisiphrate forcé de me quitter, me laissa exposée aux regrets de l'avoir perdu, j'en détestois la cause, & je l'imputois à tout l'Univers, sur qui fixer mes soupçons ? Tous ceux qui m'environnoient me paroissoient coupables, & j'attribuois à leurs procédés peu ménagés, l'infidélité du Général Athénien.

Insensible aux persuasions flatteuses d'une foule d'adorateurs qui m'assiégeoient sans relâche, je refusai d'en écouter aucun, & je les renvoyai tous, moins encore par bonté que par humeur.

Deux mois se passerent dans une inaction à laquelle la néceſſité de mon déſeſpoir me condamnoit, un jeune *Parthe* qui touchoit ordinairement de la Lyre dans le Temple de *Minerve*, me fit une cour aſſiduë pendant ces deux mois, la rigueur que je lui tins, & dont il ne ſoupçonnoit pas le motif, le prévint en ma faveur au point qu'il me propoſa ſa main, je l'acceptai, & nous nous unimes aſſez à propos pour ne point faire perdre au Parthe l'idée qu'il avoit de moi.

Les Dieux bénirent cet hymen en nous accordant un fils, mais comme les faveurs ſont touj ours ſuivies de quelques peines, ſa naiſſance fut ſignalée par la ſupreſſion de nos jeux, qui ceſſerent avec la guerre; Que faire? Mon début à Samos m'avoit ôté l'envie de paroître à Athénes, j'y retournai cependant avec mon mari ; il n'y avoit que deux jours que j'y étois arrivée, quand je reçus un billet conçu en ces termes.

Billet.

» Vous me plaiſez & votre » fortune dépend d'une entre- » vuë, ſi ce début ne ſuffit pas, » je finis par un bon mot.

VEROES, Receveur des revenus de la République.

La qualité de Veroës me décida pour ſa perſonne, je lui adreſſai ſur le champ un de ces billets circulaires que j'avois dans ma caſſette, & dont mon Epoux avoit eu la foibleſſe de ſupprimer le cours depuis quelque temps ; autant qu'il m'en ſouvienne, il s'exprimoit ainſi.

» Vous ne ſçavez que trop » ce que l'on ſent pour vous, » falloit-il tant tarder à me de» mander une grace, après la» quelle mon cœur ſoupire in» ceſſament, venez expier » dans mes bras les chagrins » que votre indifférence m'a » fait eſſuyer.

Impatiente de voir arriver Veroës, je commençois à l'accuſer de négligence, quand un eſclave m'apporta un ſecond billet dont voici le contenu.

Billet.

» Je ſuis riche, & je vis » avec un Maîtreſſe œcono-

» me, voilà ce qui me déſeſ-
» pére ; élevée dans l'Art de
» faire honneur à la fortune
» d'un galant homme, je vous
» offre mes biens, diſpoſez-en,
» votre réponſe me tranquilli-
» ſera, je ne déteſte rien tant
» que l'arrangement dans les
» affaires.

MELADEDE, Citoyen inutile.

La ſituation de Meladęde m'allarma, & pour le tirer de ſon embarras, j'ouvris ma caſſette & je lui envoyai une circulaire ſemblable à celle de Veroës, deux fortunes dans un jour ? Cela ne va pas mal, me diſois-je, il ne faut que de l'adreſſe pour en mériter davantage, je m'enyvrois encore de ces réfléxions agréables, lorſqu'un eſclave mal vêtu me remit un autre billet, l'Emiſſaire ne me donnoit pas bonne opinion de celui-ci, & je n'en augurois pas une troiſiéme fortune, je l'ouvris ſans impatience, mais quel fut mon étonnement d'y lire ce qui ſuit.

Billet.

» J'ai l'honneur d'être bel » eſprit, adorable Philaxarette, ce début qui ne prévient pas pour ma fortune, » ne vous révoltera point, ſi » vous prenez la peine d'achever mon Epître, je puis vous » faire un nom dans la Gréce, » le ſiécle des fameux Auteurs » eſt venu, vous pouveez à » l'aide d'une bonne Comédie en

» en cinq Actes bien conditionnés & bien complets, » mériter un nom parmi nos » *Sapho*, elle est à vous si vous » prononcez un mot, ma démarche n'est point intéressée, » je vous donne pour un quart » d'heure d'entretien les veilles » d'une *Olimpiade*, si ce thrésor ne suffit point, je vous » aime assez pour tout sacrifier au plaisir de vous posséder, joignez au premier présent que je vous offre, mes » *Odes*, mes *Bouquets*, mes » *Chansons*, & mille écus d'or » que je vous porterai ce soir.

ZENANDRE, Auteur connu.

La fin de ce billet me parut assez énergique pour mériter une réponse, j'ouvris encore la caſſette, & je remis une troiſiéme circulaire, mon inquiétude ne rouloit plus que ſur mon mari, qu'il étoit à propos d'écarter, je cherchois un ſtratagême qui pût l'éloigner, dans l'inſtant qu'il vint m'annoncer qu'une affaire l'appelloit à la campagne, tranquille de côté-là il ne me reſtoit plus que d'obvier aux inconvéniens qui pourroient arriver ſi les trois prétendans arrivoient dans le même tems, ma premiere eſclave avoit ma confiance, mais pas aſſez pour que je tentaſſe de lui annoncer que j'attendois trois amans peut-être dans la même journée, je me bornai donc à lui dire de laiſſer entrer la premiere perſonne qui viendroit avec un billet conçu dans les termes de la circulaire que je lui rapportai.

Meladede fut le premier qu ſe préſenta, *Zaïs* (c'eſt le nom de mon eſclave) exigea qu'on lui montrât le billet, on ſatisfit, cette fille connoiſſoit mon caractere & ne trouvant aucune difficulté d'introduire le porteur, elle ſe diſpoſoit à le faire entrer, quand Veroës parut, il demanda à me voir d'un ton bruſque qui annonçoit plutôt une querelle qu'une partie de plaiſirs, Zaïs lui aſſura que j'étois ſortie; ſortie? ... dit Veroës, dans le tems même qu'elle m'écrit une lettre auſſi poſitive, le Receveur à ces mots tira la circulaire, Meladede étonné regardoit Zaïs, Veroës preſſoit, & mon esclave dont le projet étoit de m'obéir avec une exactitude scrupuleuse, n'osa prendre sur elle de refuser le Receveur, ni de renvoyer le Citoyen inutile; que devenir dans cet embarras, elle y réfléchissoit lorsqu'un troisiéme vint la jetter dans une perpléxité bien plus grande, Zénandre à qui on assura aussi que j'étois sortie, eut au ton près la même conduite que Veroës, dans l'attente d'un quatriéme, les trois concurrens se promenoient assez froidement dans un Salon qui joignoit mon appartement, je sonnai, c'étoit expliquer assez clairement que j'étois seule, ceux qui ont quelque connoissance de l'Hiftoire Gréque, * sçavent que dans tous les cabinets des femmes de ce païs, il y a deux cordons de sonnettes, placés à peu de distance l'un de l'autre ; celui qui est le plus près du Sopha ne répond à rien, c'est un épouventail avec lequel on veut effrayer les amans téméraires, & qui ne sert qu'à les conduire plus promptement à leur but, que les jeunes gens ne s'y trompent pas, toute femme qui annoncera qu'elle appellera, ou

---

* Nous lisons dans une traduction d'*Homere*, par la ténébreuse & sçavante Madame *Dacier*, Livre IV. Edition de *Carthage*, Vers 198. & suivans ; *qu'Andromaque aux beaux bras & à la longue queuë*, avoit près de la Tour *d'Ilion*, des cordons de cette espéce ; qui l'auroit cru de la veuve *d'Hector* ?

qu'elle va ſonner, affiche l'air de vous arrêter ſans en avoir l'envie, cette réfléxion ne paroîtra point hazardée, pourvû qu'on ne rappelle que dans ces ſortes de cas, elle ne remue jamais que le premier cordon, le ſecond qui tient à une véritable ſonnette, n'eſt deſtiné que pour l'ennui, l'amour ne le touche guères; je ſonnai donc, Zaïs entra ſuivie des trois concurrens, une femme ordinaire auroit été déconcertée dans une conjoncture pareille, mais je n'eus pas la foibleſſe de m émouvoir, & je pris la ſingularité de cette avanture, comme une bonne plaiſanterie ſur laquelle je priai Zénandre de nous faire une cantatille que Veroës auroit la complaisance de mettre en Musique, Meladede qui avoit de la voix, étoit invité de la chanter.

Cette tournure agréable que je m'étois efforcé de donner à un événement qui n'étoit rien moins que Comique pour ceux qui devoient en être les Acteurs, étourdit le *Triumvirat* galant, on me trouva *perfide*, *mausſade*, on auroit même été jusqu'à me ſoupçonner *d'un commerce dangereux*, ſi je n'avois par pure bonté imaginé un moyen aſſez ſage pour tout accorder ; vous êtes trois ici, Meſſieurs, leur dis-je en examinant diſtinctement leurs titres, car le cas devenoit trop preſſant, pour qu'on s'attachât à la phyſionomie, d'ailleurs

doit-elle décider avec nous Quelles ſont vos prétentions Votre abord les annonce mais puis je ſans un arrangement précis vous rendre heureux tous trois ? Indépendament des ſoupçons que cette facilité jetteroit ſur ma conduite, je dois des ménagemens à mon époux, à moi-même, & de certaines bienſéances ne me permettent pas de parler à tant de monde.....
A tant de monde, Madame ? répondit d'un ton furieux mon mari, qui de retour de la campagne, prêtoit depuis quelques minutes une attention exacte à mes propos ; *à tant de monde ?*.... Vous conſentez donc, continua-t-il ? Mais c'en eſt trop, ma honte ne peut

peut plus ſe cacher, & ces trois *originaux* ne ſont pas ici pour rien, originaux, reprit Zénandre, qui étoit brave ſans afficher le titre mépriſable de *Capitan* du Parnaſſe, ménagez vos expreſſions, ou ſçachez...... Plus de propos, dit Miladede en interrompant le Poëte, Philaxarette vient de me faire part à l'oreille d'une idée biſarre qui ne vaut qu'autant qu'elle ſera exécutée, eh! quelle eſt-elle, demanda Veroës, qu'on me l'explique en bref, car j'aime la préciſion, Miladede prit la parole, & propoſa ainſi le projet ſur lequel il ſuppoſoit que j'avois pris les devans.

Trois adorateurs ſe préſentent, & tous les trois à titres

égaux, un mari ſurvient, que faire ? Se prêter à ſes déſirs ; c'eſt humilier des rivaux, favoriſer ceux-ci, c'eſt donner la mort à un jaloux, quelle ſituation ? Qu'elle eſt pénible ! Le ſort peut ſeul avoir le droit de prononcer dans une circonſtance auſſi ſinguliere ; que la courſe en décide, le plus leſte aura la Pomme, & lui ſeul obtiendra Philaxarette, à laquelle il ſera amené par les trois vaincus ; Veroës malgré la peſanteur de ſon individu, conſentit à la propoſition, Zénandre s'excuſa longtems ſur la dignité attachée à ſon état, & peut-être auroit-il refuſé de ſe ſoumettre, ſi le Parthe n'eût conſenti à diſputer un prix ſur lequel il avoit des droits assez bien fondés. *

Je fixai moi-même le terme de la course, les Champions disposés partirent du même but au signal que je leur donnai ; Zénandre & mon époux tombèrent au milieu de la carriére en regardant avec des yeux où le regret étoit peint, l'objet qui alloit devenir le partage de leurs rivaux ; Meladede plus actif, atteignoit presque le but, quand Veroës, duquel on ne se défioit point, prit un essort assez violent pour de-

* Les usages varient par tout, en Europe la femme est maîtresse, pensionnaire de son mari, elle en est la Souveraine, en Afrique, l'époux a les droits despotiques ; & il faut un mari bien sot, ou une femme bien spirituelle, pour intervertir l'ordre établi dans l'Etat, & consacré, par une possession immémoriale.

vancer ſon concurrent, & gagner le terme avant lui.

Le Parthe outragé alloit fuir, quand Veroës qui ne vouloit rien retrancher de ſon triomphe, exigea que les vaincus vinſſent le chercher pour m'être préſenté, comme on étoit convenu avant la courſe; on ſe débattit quelques tems ſur cette demande humiliante, mais obligés par honneur de ſuivre les conventions; les trois vaincus allèrent au terme, où le péſant Veroës les attendoit; le vainqueur porté ſur leurs bras, marchoit en triomphe, & ſembloit m'aſſurer par les regards les plus enflammés, qu'il étoit encore un autre prix pour lui.

Veroës près de moi fit retirer les vaincus, & nous entrames tous les deux dans un Cabinet, dont votre politique devinera l'usage.

Le Parthe dont j'avois à redouter le coutroux, revint à la pointe du jour, il entra dans ma Chambre sans bruit, m'embrassa en pleurant, prit sa Lyre, & disparut pour toujours, *Jeratés* reconnu dans Athénes pour frere naturel *d'Hipocrate*, ce même *Jeratés* dont parle *Antonius Diogenes* * saisit l'instant du départ de mon

* *Antonius Diogenes*, Livre II. de la vie *d'Hipocrate*, seiziéme Edition *considérablement augmentée* dit; *Jeratés*, frere naturel du celébre *d'Hipocrate* étoit Médecin aussi, mais la réputation de ce dernier faisoit le seul mérite de l'autre, quoique tout Athénes fût convaincu de l'ignorance *Jeratés*, on *l'appelloit* souvent quand son

mari, pour me propoſer d'aller à Babylone, l'inſtinct ſeul me guida dans cette démarche, & je ſuivis le Médecin en cette ville, où ſes brigues & l'éclat de mon nom m'ont élevée au rang que j'occupe aujourd'hui; vous ſçavez le reſte, Meſdames, qui m'avez ſecondez en tout, eſt-il en Egypte? je dis plus dans toute l'Afrique une perſonne plus ſinguliére que moi? Et votre prix attend-t-il encore de nouveaux concurrens? Eh oüi, Philaxarette, eh oüi, dit la Folie,

---

frere étoit abſent, & ſans rien ordonner, il guériſſoit aſſez communément les malades, en diſant qu'il étoit frere *d'Hipocrate*; il y a beaucoup de Médecins en Europe qui auroient beſoin d'avoir des freres habiles,

pour gagner le prix dans votre Etat, il faudroit que vous fussiez sage avec de la beauté, & modeste avec des talens; au revoir, Mesdames, reprit Philaxarette en minaudant, *mes Gens, ma Chaise*, les vapeurs me prennent, & si je reste encore cinq minutes dans cette cohuë, *je péris d'ennui.*

Bedaris entra dans le moment, il sortoit d'une Piéce nouvelle, dont il avoit dit du mal, pour qu'on lui crût de l'esprit, après avoir demandé la permission de parler, il s'appuya sur sa canne à bec de Corbin & Perora ainsi.

Vous me connoissez, Mesdames, car j'ai vécu dans presque tous les païs où vous habitez; le désir de me signaler à Babylone, m'a fait quitter les Confins de la Barbarie, où j'avois acheté le plaisir de punir le crime, avec le malheur de ne pouvoir récompenser la vertu ; honoré d'une Charge éclatante dans ma Patrie, j'ai préféré la douceur d'être ignoré dans cette Capitale à l'honneur importun d'avoir une Cour en Province, bref, je ne suis plus rien, c'est l'Etat le plus heureux de la vie ; malgré mon indépendance, ne me croyez pas sans affaires, débarassé du soin de juger les hommes, je condamne les ouvrages, & mon occupation est d'autant plus considérable que ma Jurisdiction, s'entend, sur les Sciences & les Arts, le Théâtre & la Peinture, sont les parties principales auxquelles je me livre ſans réſerve, ce n'eſt pas que j'aye plus de connoiſſance ſur ces deux objets, que ſur l'Aſtronomie, la Phyſique, ou la Géométrie, où je n'entends rien, mais l'envie que j'ai de me connoître en Peinture & en Ouvrages Dramatique, me fait juger que j'en acquerrai le talent.

Dans ma tête un beau jour ce déſir ſe trouva,
Et j'avois cinquante ans quand cela m'arriva

Cette citation placée vous perſuadera que je n'eſpére pas envain, je travaille ſans relâche à acquerir ce vrai goût, qu'on ne trouve qu'à Babylone, le matin je cours les Inventaires, je viſite les Atteliers, j'ai lu l'illuſtre & judicieux M. *de Felibien*, qui eſt un fort grand homme, à ce que j'ai entendu dire, lui ſeul m'a fourni le répertoire des Peintres célébres dans tous les genres.

Michel Ange & *Vandeek*, pour les Tableaux, *Teniéres* pour les Flamands, *Calot* pour le Groteſque, *Marc-Antoine* pour les Eſtampes, *Picard le Romain* pour les Gravures, & *St. Urbain* quand il ſera mort. Voilà mes Hèros, mon goût livré à leurs ſeuls Ouvrages ne reconnoît qu'eux ; ce ſont mes Dieux, & *leurs* Buſtes placés dans mon Salon, y reçoivent tous les jours l'hommage que l'on doit aux talens, je me fais une loi d'achetter tout ce qui vient d'eux, je reviens enfin chez moi chargé des trésors de l'Italie ; l'aprés-midi est consacré au Spectacle, *l'Histoire du Théâtre Egyptien* m'instruit agréablement du sort des anciennes Piéces, je pars d'aprés le Jugement de ces judicieux Auteurs, & je raisonne en conséquence, je me place dans le Balcon destiné aux gens de goût, les colporteurs littéraires m'abordent en me présentant *Œdipe*, *Electre*, *Mérope*, *Radamiste*, * ces Piéces dont les Auteurs vivent encore, peuvent-elles

---

* L'Editeur n'a pas prétendu soutenir que nous n'avons de bonnes Tragédies Modernes que celles dont il parle, il en est encore cinq ou six auxquelles on rendra justice en tous les tems.

être bonnes ? *Le Clitandre* du grand *Corneille & la Thébaïde* du fameux Racine ne ſont-elles pas préférables à cette foule de Tragédies, que Babylone veut revoir tous les jours, parce que ſon goût leger & frivole ne s'attache qu'aux nouveautés, honteux de n'avoir point réuſſi dans leur premier projet ; ces mêmes colporteurs m'apportent des Comédies dont ils ventent beaucoup de débit, *le Philoſophe marié*, *la Metromanie*, *les Dehors trompeurs*, *le Glorieux*, *le F ançais à Londres*, *la Pupile*, *le Conſentement forcé*, *le Fat puni* ; * belles miſeres, pour être

* La Notte précédente peut auſſi s'appliquer aux Comédies, en obſervant toutefois que le ſuccès Théâtral ne doit pas tou-

vantées, je vois tous les jours ceux qui en ſont les Auteurs, mais Moliere & Regnard ne ſont plus, veut-on que j'achete, qu'on m'apporte *Pourceaugnac*, *le Malade imaginaire*, *le Mariage forcé*, *le Diſtrait*, *la Sérénade*, *Attendez-moi ſous l'Orme*; ce ſont des Piéces qu'on vendra au poids de l'or, tant que la plai-

---

jours influer ſur le mérite réel d'un Ouvrage, c'eſt à un jugement impartial, porté d'après la lecture qu'il faut ſe rapporter, toute autre déciſion eſt ſuſpecte, j'en ſuis encore mieux convaincu, depuis que j'ai vû tomber il y a deux mois une Comédie en cinq Actes, qui auroit réuſſi, ſi l'Auteur l'avoit fait imprimer avant la repréſentation; la Cabale ne voudra pas me croire: j'en ſuis conſolé, ce n'eſt pas pour elle que j'écris, mais qu'un homme de goût liſe la Piéce dont je parle, il ne pourra lui refuſer le ſuccès de l'eſtime.

ſanterie décente & le bon goût régneront en Egypte.

La Piéce commence, je ne l'écoute pas, j'en ai lu l'extrait dans l'Hiſtoire du Théâtre, que je préfére aux *Tablettes Dramatiques*, parce que je penſe fort, & que les meilleures nouveautés ne me plaiſent guères; ſi je ſors de la Comédie pour courir à l'Opéra, j'y porte le même eſprit pour les anciens, * du *Lully*, du *Quinaut*, je n'aime, je ne m'épanouis que ſur ces deux Auteurs, le Poëte des *Elémens* eſt lyri-

* L'amour idolâtre que le ſpirituel *Bedaris* avoit pour les Anciens, le forçoient quelquefois de penſer juſte, mais les gens qui le connoiſſoient, ne lui en ſçavoient pas meilleur gré, & le même hazard qui le faiſoit eſtimer *Pradon*, le rempliſſoit d'admiration pour *Quinaut*.

que, mais ſouvent il lui manque un Muſicien, *Ra*. . . . eſt harmonieux, mais il a preſque toujours beſoin d'un Poëte, & je n'eſtimerai l'Opéra, qu'autant que ces deux hommes s'uniront enſemble, * l'heure de la promenade remplace l'intervalle qu'il y a du Spectacle au ſoupé, je vole au jardin de la Reine, c'eſt le ſeul endroit où je permets à mon cœur de ſe méſallier, j'y ſoupire, & pour qui ? L'intégrité décide mes paſſions, la naiſſance, la beauté & l'eſprit ne peuvent rien ſur moi, mon cœur incorruptible ne ſe laiſſe point préve-

* Ceux qui ſont au fait de la carte Lyrique, préſument avec quelque fondement que l'Opéra pourra bien être privé de l'eſtime de *Bedaris*,

nir, raisonné dans ses goûts; il n'a pas la foiblesse de céder à une femme de condition qui unit l'esprit aux agrémens, des Dames de cette sorte toujours impérieuses, vous rendent bientôt victimes de leurs caprices, né dans un climat brûlant, où les femmes sont esclaves, je veux conserver en Egypte, les prérogatives attachées à ma Patrie, & pour réussir dans ce projet, je ne prodigue mes vœux, qu'à des Plébéiennes du second ordre, qui flattées de me croire lié à leur Char, se font l'effort d'être sages pour avoir la gloire de me retenir.

Je sors de la promenade pour passer chez mon Libraire, à qui je recommande tous les

mois

mois de me faire un recueil choisi des Romans les plus estimés, mais que vois-je ? Ce collecteur imbécile m'apporte *les Mémoires d'un homme de qualité, les Egaremens du cœur & de l'esprit, les Confessions du Comte de* *** & quelques autres aussi détestables, & on a le front de ne point insérer dans un recueil qui m'est destiné, *Cyrus, Cléopatre* & Aléxandre ; indigné de l'oubli d'un Libraire qui croit avoir de l'esprit, parce qu'il fait vivre ceux qui en ont, je me retire dans ma maison, où je soupe avec la frugalité d'un Auteur qui mange chez lui, les courtiers littéraires entrent munis des *petites affiches*, ouvrage périodique, très-recherché depuis que *L. D. G* a daigné ſuſpendre ſes travaux *géographiques*, pour s'y livrer entierement.

C'eſt ſur cette feuille que je régle ma courſe du lendemain, j'y vois les Inventaires où je dois me trouver, les Spectales où il eſt important que j'aſſiſte, & je travaille pendant la plus grande partie de la nuit avec mes courtiers, pour concerter les achats que je ferai le jour ſuivant; je me ruine en emplettes; après tout, que m'importent les richeſſes? Libre & ſans enfans, l'eſprit me reſte, & avec lui on peut aſpirer à tout.

Attiré avant-hier dans la maiſon d'un curieux, dont les héritiers ignorans faiſoient vendre les meubles les plus précieux, j'y achetai tous ceux dont je vous présente la notte, c'est un marché d'or, vous en conviendrez.

Inventaire des effets trouvés dans la maison du très-docte & très-curieux personnage ABDELIM, *mort misérable par excès de richesses, & achetés par le très-haut, très-gotique & scientifique* BEDARIS, *auquel nous prions le Ciel d'accorder la même mort.*

Primo : Un Pourpoint gris, de Lin, déchiré en divers endroits, ayant servi à *Rotrou*, dans le tems qu'il composoit sa Tragédie de *Sçevole*. 600 l.

Item : Une Calotte, dont la vetusté a empêché de

reconnoître la matiere, trouvée à l'Inventaire de *Regnier*. 200

Item : Un Porte-feüille de Maroquin, dans lequel on eſt certain qu'il y a eu des vers écrits, de la main de *Malherbe*. . . . 150

Item : Une Ecritoire de Chagrin que l'on ſoupçonne avoir été de couleur bleüe, dans laquelle on trouve encore les veſtiges de l'encre qui ſervit à ſigner la condamnation *d'Urbain Grandier*. . 150

Item : Un morceau de bois de Chêne, peſant cent livres, ſur lequel il eſt écrit en caractères aſſez effacés, pour être réputés anciens, que *Balzac* a datté une de ſes lettres. . . . 500

Item: Six plumes, trouvées dans le porte-feüille de *Bruëis*, avec lesquelles on sçait par tradition qu'il a mis la derniere main à *l'Avocat Patelin*, ce que nous croyons, d'autant plus que lesdites plumes étant *d'Oyes*, elles lui ont pu fournir la plaisanterie qui roule sur cet animal. . 600

Enfin : Un Sifflet d'Ivoire, qui fut saisi dans la poche d'un séditieux, à la premiere représentation *d'Attila*. 200

2400

Cet Inventaire seul, poursuivit Bedaris après qu'on eut achevé le détail de ses emplettes, suffiroit pour me mériter votre prix, en effet, quoi de plus rare que de voir un homme de condition, ſacrifier ſa fortune & ſes plaiſirs, à des acquiſitions toujours frivoles aux yeux des gens du monde, les grands airs ne m'ont pas ébloüi, le vrai & l'utile ont ſeuls le droit de m'attacher, en un mot, je ſuis un homme ſingulier dans un genre avantageux, & j'oſe croire que. . . . Bedaris alloit continuer, lorſqu'un de ſes courtiers lui annonça qu'il n'avoit pas une minute à perdre, s'il vouloit acquerir un prix bien au-deſſus de celui que la Folie ſe préparoit à diſtribuer; qu'eſt-ce, dit Bedaris, qu'on s'explique? Le croirez-vous, Seigneur, reprit le courtier, on me laiſſe pour cinquante piſtoles, une chaiſe de paille, ſur laquelle on eſt ſûr que Marot monta un jour, pour voir paſſer *François Premier*. Ah Ciel! s'écria impatiemment Bedaris, quelle heureuſe rencontre? Arriverai-je à tems pour en profiter? Adieu, Meſdames, & vous autres, pourſuivit l'Antiquaire, en apoſtrophant l'aſſemblée, remerciez-moi de ma généroſité, je vous laiſſe un prix qui m'appartenoit de droit.

Un jeune homme de vingt ans, vêtu aſſez ſimplement, ſe leva, à ſon air poli, & à ſon maintient décent, perſonne ne l'auroit pris pour un homme de condition, s'il ne ſe fût nommé; ſorti d'un ſang illuſtre en Egypte, il auroit laissé ignorer sa naissance, si la nécessité ne l'eût forcé à se faire connoître; il parla ainsi.

Petit-fils *d'Emacidis*, j'aurois pu prétendre à un rang distingué à la Cour, mais quel rôle y aurois-je joué? Sincère, vertueux & ennemi des brigues, j'aurois eu l'air d'un sot, & la méprise ne m'auroit pas plu; le service pouvoit m'offrir une Place convenable, mais l'apprentissage que j'ai fait dans le métier de la guerre, m'a dégoûté de le suivre; je ne suis ni assez riche, ni assez malhonnête-homme pour rester au service, mes moyens ne me permettent pas d'entretenir un Régiment, il faudroit que je fisse des dettes dans le moment même que je sçaurois ne

pouvoir

pouvoir les acquitter jamais, ce procédé tout ordinaire qu'il eſt me révolte, & j'aime mieux vivre tranquille dans ma maiſon, que de courir après une gloire que je ne pourrois acquérir qu'aux dépens du patrimoine de mes Concitoyens; que les petits-maîtres & les Caillettes ſe vangent du mépris que je fais d'eux, en jettant des ſoupçons ſur mon courage; inſenſible à leurs cris, j'oſe dire que la Reine n'a point de ſujet plus fidéles, j'ajouterois, & plus brave, ſi j'étois aſſez riche pour montrer que je le ſuis.

La Cour & le Service ne me convenant point, il me reſtoit le culte d'Oſiris, auquel je pouvois me conſacrer, je porte même un nom à devenir un jour Grand-Prêtre de Babylone, cette Charge ne se donnant ordinairement qu'à la naissance; je pouvois y prétendre par ce seul avantage, mais je n'ai pas assez de vertu pour être Mage, ni assez de dissimulation pour en affecter.

On m'offroit un emploi à la tête des Finances, mais un préjugé ridicule que nous adoptons, tandis que nos voisins le méprisent avec raison, ce préjugé m'arrêta, & je n'y cédai qu'avec peine, sans ambition & sans projets, occupé du seul désir d'être utile à ma patrie, je ne désire des richesses, qu'autant qu'elles seroient nécessaires au parti que j'aurois embrassé; que des

Misantropes fougueux déclament contre les gens d'affaires ? des hommes qui soutiennent l'Etat, & qui lorsqu'il s'agit d'entreprendre une Guerre, avancent des millions d'or à notre Auguste Reine, sont au-dessus des clameurs indécentes.

Quelque justes que soient ces réfléxions, les liens du préjugé m'ont retenu, & de quatre Etats incompatibles avec ma fortune ou avec mes idées, je n'ai pu en choisir aucun : Citoyen oisif, je vais vous faire le détail de la vie que je mène ; si à mon âge, il n'est pas très-extraordinaire, il faut que j'aye des idées fausses sur la singularité.

Je vis la moitié de l'année

à Babylone, & je paſſe l'autre dans une maiſon ruſtique que j'ai fait bâtir ſur les bords du Nil.

A Babylone, je me léve avec l'Aurore, *Montaigne*, Philoſophe au-deſſous de ſa réputation, *la Rochefoucault*, qui a plus d'eſprit, mais peut-être moins de vérité dans le caractère, & *la Bruyere*, toujours ſupérieur à ces deux Ecrivains, partagent tour à tour mes premiers momens, j'extrais les penſées les plus frappantes de leurs ouvrages, je les péſe, je les médite, & le fruit de mes réfléxions eſt d'en eſtimer moins les hommes, *Paſcal*, ce génie rare, ardent & impétueux, m'emporte au-delà de ma ſphére, rempli de ſes idées, je ne reviens à moi, que pour me déteſter, mais ſoit raiſon, ſoit amour-propre, j'aime à me haïr avec lui.

La promenade ſuccéde à ces premieres occupations, les jeunes gens & les femmes, attirent tout Babylone dans ce jardin ſuperbe, élevé dans les airs, une des merveilles de l'Egypte, mais comme je ne veux ni médire ni me donner en Spectacle, je vais goûter un air pur dans un lieu tranquille, qui ne reſpire que la décence & le plaiſir, j'y trouve des Mages ſçavans, avec leſquels je m'entretiens des merveilles d'Oſiris, des Philoſophes qui m'expliquent les prodiges de la nature, &

des gens de Lettres, qui m'éclairent ſur le cœur humain; de retour à ma maiſon, j'y trouve des Créanciers qui viennent me demander l'argent qu'ils m'ont prêté pendant que j'étois au ſervice, je les reçois froidement, parce que j'ai envie de les payer, je prends des arrangemens ſincéres avec eux, & je leur juſtifie que pour les payer plus promptement, j'ai vendu mon char, mes chameaux, & que je ne garde qu'un ſeul eſclave.

On me ſert un repas frugal, que la raiſon & l'œconomie ont apprêté, le vin qui jadis m'avoit entraîné dans des débauches honteuſes, eſt banni pour toujours de ma table, une partie de l'après-midi, eſt consacrée à des arrangemens domestiques, je compte mes revenus, je combine mes dettes, & je suppute lorsqu'elles seront éteintes, combien par année, je pourrai répandre d'écus d'or, dans le sein des malheureux, le reste de la journée est employé à l'étude, à des visites utiles, & quelquefois au Spectacle, où je vais moins pour égayer mon esprit, que pour consoler mon cœur, par les leçons de vertu qu'il y reçoit.

Je reviens souper avec deux Léttrés, notre conversation ne ressent ni la sécheresse du pédantismes, ni l'enjouëment de la frivolité, c'est un juste milieu où le plaisir régne, mais son front y est toujours couvert des roſes de la ſageſſe.

Un repos que des ſonges effrayans ou des projets odieux ne viennent point agiter, ſuccéde à cette douce volupté, & je me léve ſans crainte & ſans deſſein, parce que je me ſuis couché ſans allarmes & ſans ambition.

Jeune, bienfait, reprit la Folie, avec une naiſſance élevée & une fortune honnête, pour figurer dans le monde, & ſe retirer de la ſociété, cela me paroît prodigieux, & le prix eſt à vous, ſi vous nous aſſurez que la vanité n'a point de part à cette conduite, Emacide ſalua l'Aſſemblée avec reſpect, & ſortit.

Un vieillard avança auſſitôt; ſon viſage caractériſoit

la Science & la vanité, & un vêtement noir, ſes malheurs étoient écrits, faiſant voir que la fortune ne ſuit guères la doctrine.

Vous ſçavez ſans doute, dit le vieillard, que je ſuis le laborieux *Paminondas*, ſi mon nom étoit ignoré dans un cercle de l'Affrique, le papier que je tiens à la main, ſuffiroit pour confondre & avilir ceux qui oſeroient dire qu'ils ne me connoiſſent point.

Examinez le Catalogue de mes ouvrages, & permettant à ma modeſtie d'en ſupprimer l'extrait, daignez me rendre juſtice, en y jettant un coup d'œil.

La Folie prit le papier des mains de Paminondas, & elle

y vit la liste de cent douze projets, que ce Citoyen généreux avoit présenté aux Ministres de la Reine, qui les avoient remis à leurs premiers Commis, & que ceux-ci ne s'étoient jamais donné la peine de lire.

Ce seroit étendre cet article au-delà des bornes qu'on s'est prescrites ; en rapportant le seul titre des cens douze projets, mais pour en donner une idée à mes Lecteurs, je vais insérer ici ceux qui m'ont paru les plus importans à la tranquillité de l'État, & à la sûreté du Commerce.

Projet raiſonné, dont l'exécution eſt néceſſaire au repos des Citoyens, & à la gloire des Auteurs.

» La Critique eſt la cheville » de la Littérature, pour l'ex- » tirper juſques dans ſes ra- » cines, je propoſe deux » moyens, une impoſition de » deux écus d'or ſur chaque » Critique injuſte, ou un or- » dre exprès à ceux qui les fa- » briquent, de les donner *gra-* » *tis* aux Imprimeurs.

Nota par apoſtille : » que ce » projet établi pour anéantir » tant de petites feuilles en- » nuyeuſes, doit ſouffrir une » exception, en faveur d'un » Critique qui joint les con- » noiſſances à la légereté du » ſtyle.

Moyen infaillible pour rétablir l'Opéra ſur l'ancien pied.

» Une défenſe aux Muſi-
» ciens de ſe charger d'aucun
» Poëme moderne, ramenera
» inceſſamment le bon goût.

Autre moyen pour arrêter la fécondité des Auteurs.

» Qu'on reçoive ceux dont
» on voudra ſuſpendre les tra-
» vaux à l'Académie des *Sep-*
» *tante*, cette place eſt l'épo-
» que du ſilence.

Mémoire exactement digéré, dont le projet eſt d'arrêter les murmures du parte re ſans le ſecours des Satellites.

» Il eſt important pour l'exé-
» cution de cet article, que la

» Reine fasse publier une
» Ordonnance, par laquelle
» S. M. imposera une amende
» considérable, à tous ceux
» qui liront *Corneille*, *Racine*,
» *Moliere* & *Regnard*, ou qui
» oseront se rappeller les *Ba-*
» *rons*, les *Chammelés* & les
» *Lecouvreur*. *

---

* L'Editeur ne voulant désobliger personne, prévient que son dessein n'ayant pas été de parler des vivans, il n'a pu rendre ici la justice qu'il doit à quantité d'Auteurs, dont il respecte les mœurs, & estime les talens

Il en est de même des Acteurs. *Du Fresne*, Mesdemoiselles *Quinaut*, & *de Seine*, n'étant point nommés; on a cru qu'on pouvoit se dispenser de citer ceux que l'on voit à la tête du théâtre; *Gr....* *Lan* ... *Sar*.... méritent des éloges; *Dr*.... promet beaucoup dans les deux genres. Il a des talens; il n'a besoin que des regards du public pour les développer. Mesdmoiselles *Dum*.... *Gos*.... *Gr*.... *Dang*.... emportent tous les suffrages;

Le reſte du Catalogue contient des projets auſſi ſages & auſſi peu ſuivis, Paminondas, qui avoit paſſé ſa vie à la rédaction de ces différens ouvrages, ſe plaignoit de la dureté du miniſtére, qui le laiſſoit dans une miſere déplorable, tandis qu'on avoit prodigué les penſions qu'il méritoit, à un tas de petits Ecrivains, dont la réputation frivole étoit fondée ſur des Romans dangereux, ou des Chanſons obſcènes; n'avez-vous, reprit la Folie, que le talent de faire des projets? Je ſerois mieux

mais leur ſupériorité n'exclud point une Actrice, qui joignant l'eſprit à la connoiſſance du théâtre, auroit beſoin d'être vuë, ſans prévention pour être généralement applaudie.

malheureux, répondit le Vieillard, ſi mon eſprit borné à la ſeule politique, ne pouvoit quelquefois deſcendre à l'agréable, je fais des vers depuis quarante ans ; mais comme la Poëſie n'eſt pour moi qu'un talent d'agrément, je n'affiche point le titre d'Auteur, connu cependant dans toutes les Académies d'Egypte, je concours tous les ans aux differens prix qu'elles diſtribuent, mais ſoit injuſtice ou diſgrace, quatre cens Piéces de Poëſie, contenant quarante mille vers de la bonne meſure, n'ont pu me rapporter encore une *Médaille d'or*, ſur l'eſpoir de laquelle j'ai emprunté deux écus, il y a vingt ans, que j'ai promis de payer à la diſtribution du prix que vous allez m'accorder, écoutez la premiere ſtrophe d'une *Ode* merveilleuſe que je viens d'envoyer en *Auſtraſie* : la queſtion eſt de ſçavoir, *ſi les Sciences ont ſervi à épurer les mœurs.*

Rarement dans le crime on voit tomber un Sot,
La Science toujours fut la perte de l'homme,
Eve avoit des talens, le Diable dit un mot,
Eve mangea la pomme.

Eh bien, que penſez-vous! qu'un homme, dit la Folie, qui joint au goût des projets, la manie des vers, doit mourit malheureux, trop d'e emples récens juſtifient cette vérité, ſi avec ces deux eſpéces de talens, je vous avois vu dans

dans une ſituation aiſée, cette ſingularité auroit bien pu vous valoir le prix. . . . Je ne ſerai pas la dupe de votre injuſtice, repartit Paminondas, & dans l'inſtant je vais préſenter aux Miniſtres un Mémoire contre vous, il en ſera de celui-ci, répondit la Mode, comme de tous ceux que vous avez donné; on ſe fait une loi de tout recevoir à la Cour, un devoir de promettre beaucoup, & une néceſſité de ne rien tenir.

Le Vieillard n'eut pas plûtôt diſparu, qu'un grand homme ſec entra, avec quelqu'inquiétude, ſa phyſionomie quoiqu'altérée, annonçoit la candeur & la politeſſe : pardon, dit-il, ſi j'entre dans un lieu d'ou la raiſon me bannit, le ſanctuaire de la Folie, eſt-il fait pour conſoler un mortel malheureux, à qui un objet aimable, mais vertueux, a arraché le fruit de quarante ans de ſageſſe, apprenez le comble des diſgraces, j'ai tout perdu, *Friſis* eſt dans ces lieux; à ces mots, une jeune fille ſur laquelle on n'avoit point encore jetté les yeux, ſortit d'un endroit écarté, où elle s'étoit retirée depuis l'ouverture de l'aſſemblée; un viſage majeſtueux, ſur lequel on voyoit régner la beauté, les talens, & plus que tout cela, l'heureuſe innocence, prévint pour elle, & lui gagna tous les cœurs; *Picazor*, (c'eſt le nom du Sage) en appercevant l'objet de ſa flamme, ne put se dérober au plaisir de répandre des larmes, la sensible Frisis, le front couvert d'une rougeur, envisageoit son amant, & ne répondoit à ses pleurs que par des soupirs; que faites-vous dans cet azile étrange, lui demanda Picazor, est-ce à la vertu à venir demander le prix de l'égarement? J'avouë mes torts, reprit Frisis, mais ne les desapprouvez point; puisqu'ils justifient mon amour, en me prouvant l'excès du vôtre, la jalousie & la curiosité m'ont entraînée dans ce Palais, dérobée aux regards de l'assemblée, je venois voir, si peu content de régner sur mon cœur, vous ne veniez point ambitionner un autre triomphe ; je pourrois, reprit Picazor, vous reprocher un ſentiment injurieux à ma façon de penſer, ſi une tendre défiance ne vous l'avoit inſpiré ; je ne connois de triomphe, que celui que la vertu peut nous donner, & je ne crois ne pouvoir le mériter qu'avec vous ; abſolument abandonné à l'étude & à la retraite, j'ignorois ces mouvemens tumultueux, que vos attraits & votre ſageſſe ont fait naître dans mon cœur, feux indiſcrets, je ne demande que la force de les éteindre ; ah Ciel ! Eſt-ce Picazor qui parle, répondit Friſis, hors d'elle-même ? Eſt-ce là, le langage de l'amour ? Votre intérêt, repartit Picazor, me force de vous parler ainsi; destinée par votre mérite, & par votre fortune à figurer un jour dans le grand monde, je ne puis me flatter, que sensible à mes vœux, vous voudriez partager ma solitude en vous attachant à moi, par des liens sacrés. Cette défiance, cher Picazor! Reprit Frisis, peut-elle entrer dans l'esprit d'un homme que j'adore? Je jure, par la Déesse qui a présidé à ma naissance, par Osiris, & par vous-même, c'est le serment le plus solemnel que l'amour puisse m'arracher, je jure que je n'aime que vous seul, & que je voudrois pour vous attacher plus intimement à moi, que j'eusse à vous faire des sacrifices plus précieux que ceux d'une beauté fragile, ou d'une fortune inconſtante, ne jouit-on pas de tous les biens, quand on vit avec ce que l'on aime ? Prouvez-moi en acceptant ma main, que vos ſentimens répondent aux miens, Picazor alloit ſe jetter aux genoux de ſon amante, lorſqu'un petit-maître s'aviſa de l'arrêter, en lui criant, *mais cela eſt ſingulier, & très-ſingulier*, vous aimez comme au bon vieux tems, oh vraiment le prix eſt à vous, & nos Déeſſes ſeroient bien difficiles, ſi elles vous le refuſoient.

Picazor ſans s'émouvoir, regarda cet étourdi, avec ce flegme ſtoïque, qui en exprimant le mépris, force à reſpecter la vertu.

L'aſſemblée étonnée, demeura dans un ſilence profond, qui flattoit nos deux amans, la Folie le rompit en tremblant, ſa crainte annonçoit qu'elle alloit devenir raiſonnable, on ne ſort guères de ſon caractère ſans émotion.

Couple heureux, leur dit-elle, je ne puis m'en défendre, le prix de la ſingularité eſt à vous ; vous allez en jouir, le triomphe de la vertu, c'eſt l'éxil de la Folie ; à ces mots, elle deſcendit de ſon Thrône, pour monter avec la Mode, dans ſon Char de taffetas couleur de roſe, traîné par huit *Pantins*, & elles arriverent à la fin du jour, dans les murs de Lutéce, c'eſt-là, qu'au ſein de leur Empire, elles voyent multiplier leurs plaisirs, dans la diversité des ridicules.

Picazor & Frisis, passerent du Palais de la Folie, dans le Temple de la vertu, où ils se jurerent un amour éternel, unis depuis vingt ans, leur serment n'a pas encore été violé, *cela est singulier.*

FIN.

www.ingramcontent.com/pod-product-compliance
Lightning Source LLC
LaVergne TN
LVHW020328230826
846091LV00003B/804

9782329256054